시담포엠 시인선 027

미드라쉬 *Midrash*

삿갓 서광식 두번째 시집

시담포엠 시인선 027

미드라쉬 *Midrash*

2021년 10월 15일 제 1판 인쇄 발행

지 은 이 ∣ 서광식
펴 낸 이 ∣ 김성규 박정이
편 집 인 ∣ 김세영
대표 겸 편집주간 ∣ 박정이
펴 낸 곳 ∣ 도서출판 시담포엠

출판등록 ∣ 2017. 02. 06
등록번호 ∣ 제2017-46호
주　　　소 ∣ 서울시 강남구 테헤란로 311-1321호〈역삼동, 아남타워〉
대표전화 ∣ 02)568-9900 / 010-2378-0446
이 메 일 ∣ miracle3120@hanmail.net

ⓒ2021 서광식
ISBN 979-11-89640-16-3
값　10,000원

시담포엠 시인선 027

미드라쉬 *Midrash*

삿갓 서광식 두번째 시집

도서출판 시담포엠

✍ 시인의 말

언론계 즉 전반부의 내 삶을 정리하며 마지막 후반부
여정으로 시의 길을 택했다.

나는 시 쓰는 목적을 감히 어디서 와 어디로 가는가?
에 두어왔다. 그러나 그런 명철이 가당찮음을 거듭 확인한다.

다만, 시가 준 위로와 격려에 감사해야겠다.

시는 내겐 가환 속에서 해방구요 치유학이었다.

왜 시를 쓰느냐 또는 어떤 시를 썼느냐는 건 자명하다.

좀 더 몽상가적 상상력을 동원한 문학적 수사의
그런 품격의 시집이 아니다.

장삼이사들에게서 흔히 듣는 괴샅 이야기들을 모았다.

영·육의 아수라장 속에서 얼떨결에 시집을 내게 됐다.

그래서 더 스토리텔링적으로 자화상 그리듯 그렸다.

전체적으로, 시란 슬픔의 예술이고 그걸 극복하는 건
시인의 몫이란 말에 반하는 짓을 했다.

독자가 완성 하는 게 시 인데 내놓기가 실로 부끄럽다.

심히 몸 아픈 집사람한테 이 시집을 바친다. 또한 자식들과
손녀, 외손들에게 또 친구들에게 남기고 싶다.

끝으로 내 졸시 들을 잘 다듬어서 출판해주신
박정이 선생님께 깊이 감사드린다.

차례

차 례

차 례

차 례

망각의 호수

– 기억력감퇴의 나를 위하여

기억력 떨어지는 건
*망각의 호수 물을
마신다는 것

그것은
슬픔과 괴로움에서
자유롭자는 것이리라

마지막 호수 건너는
티켓은 한 장

호수의 물을 마시면
성공의 기억마저도
사라진다는데

소멸의 레테에서
나는 호수의 물을
마셔야 할 것인가

슬픔과 괴로움속의
기쁨과 환희
그 실패와 성공의 동반성

그런 기억으로
호수를 건너고 싶다면

그렇다면 나는
호수의 물을
마시지 않아야겠지
인간이 이 호수 건너 저세상
가는 마지막 호수
신화는 선택 문제를 던진다.

* 망각의 호수 : 소멸의 레테 호수의 별칭, 고대 희랍신화속의
　　　　　　호수다.

그 사람 아직 살아있었네

"그러면 그 사람 끝났네
 ...쯧 쯧 쯧!"
부부모임에서 누군가
그렇게 말했다 하더라고요

처음엔 나하고 상관없는 말인 줄 알았지요
그렇게 그냥 지나치는데
또 다른 누가 귀띔을 하더군요
날 두고 한 말이라고

그러면서 그 말은 이미 몇 바퀴 돌아서 왔다갔다
한 것이라고 덧붙이더군요

그래서 내가 물었지요
왜들 그렇게 수군덕거리느냐고

그랬더니
내 마눌님이 허리협착증
수술 받고 엉금엉금해서 그런 다더군요

나이도 있고 그래서
무슨 '야동' 같은 거야
진작에 포기하고 살지만

비수가 되어 내 가슴에 꽂혀 버린 그 말 속에는
바깥활동 그만 두어야 한다는 뜻도 있었겠네요

그러나 생각해 보십시다
나의 '바깥'이라는 것까지 버릴 수 있겠는가 하고요

바깥으로 나도는 게
남자 본성인데 그것까지
포기하라는 말 그것만은 제발

나는 오늘도
홀로 걸으며 중얼 거리죠
그 사람 아직 살아 있었네 라고.

생의 뺄셈법칙

한 역경자에게 물었다
우주운행에 원리 같은 게 있냐 했더니
'있다..!' 는 것이었다
그게 뭐냐고 다시 물었다
하나씩을 빼내는
'뺄셈법칙'이라 합니다
그게 무슨 말인가 궁금해서 다시 물었다
네, 그동안의 움켜진 손
덧셈하느라 땀 흘린 손을
조금도 아깝다 말고 펴는 것이라고
살아오느라 두터워진,
인생이라는 검디검은 동그라미 속
이런저런 것들을 자꾸만
지워나가 홀가분하게 해서
다만 하얀 동그라미로 남게 하는 것이라고
그리해야
'본질'에 도달하는 것이라고
그게 우주운행 원리라고
그게 바로 새로 시작하는
순환의 논리라고 했다

정동진에서

정동진에
태양은 다시 떠오른다

간절히도
수평선 위로
맑은 종소리 울리며

녹색의 마음 감싸 안은
지지직 불덩이 맛

지금 눈 내리고
파도는 낙백으로 부서지고
그리고 갈매기 서너 마리

그 바닷가
멀뚱히 서서
옷자락 날린다

그곳
채색된 사랑과 소통
한 폭 일출의 정물화로 채색된다

그 날 밤 그 벤치 위에서

어제 밤엔 희한하게
동네 공원 벤치가 꿈에 보였다

벤치가 말까지 걸었다
'코로나 고생' 많지요
피곤하면 놀러오세요

내가 헛것을 보았나
요상도 하고 그랬지만
기어이 공원 벤치로 갔다

벤치에는 나뭇잎 하나 외로이 떨어져 있었고
운동장 역시 그저 휑하니 허허로웠다

그런 모양으로
원래 밤공기란 그렇다는 듯
싸늘한 바람이 이리저리
밤의 고요를 몰고 다녔다

내가 꿈을 꾼 것도
야밤에 공원벤치에 간 것도 아마 정상은 아니리라

한편으론, 내가 달밤에 뭐하고 있나
혼자 씩 웃으며 운동기구 하나 만지작거리다 돌아왔다

벤치의 말귀는 낮에 다시 가서야 정녕 알아챘다

3월의 햇살 따사로우니 벤치 또한 따사롭다는 것을
그리고 공원 옆
등 뒤에 앉은 벤치가 고맙다는 것을

깜빡 두고 온 외로이 떨던 나뭇잎
누가 주워 갔는가
바람에 날려 떨어 졌나
그 밤의 벤치 위 나뭇잎 하나 자꾸만 생각난다.

나도, 황도에 가고 싶다

한 달 50억 넘는 매출
정보통신 사업 접고 다시 황도 들어가

태양광 장치로
전기 들어오게 해서
핸드폰 충전, 헤어드라이어 작동시킨 남자

석기사대를 못과 망치로만 철기시대 만들더니
이번엔 전기시대로 진화 시키는구나

KBS제작진은
아픈 마음 달래겠다 하는데

또 다른 가족
황도와 달래 두 마리의 개

그들은
사람 떠나는 걸 싫어하는지
제작진이 짐을 챙기자
멀리 바다만 보며 짖어댄다
자유로운 영혼으로

그들이 이따금씩 신경 써서
집단서식 염소 잡아주고
멍게 노래미 농어 낚시꾼에 바다가 못이기는 척 화답한다

서울 가면 아내에게 이 편지
좀 전해 주실래요

그 말은
서울 가면 친구에게 이 편지
좀 전해 주실래요로 들린다

하기야 그는
몸 만 오세요 했었지

추기경님을 추모하며

그는 갔습니다

성경말씀 골고루 전하시고
돌아 올 수없는 길에 들어섰습니다

정진석추기경님
만면에 늘 웃음 띄우고 아버지 같았던 그가
기어이 우리 곁을 떠났습니다

십자가에 못 박힌 보혈로 우릴 구하고 부활하신
예수님 영접 받아 하나님 보좌 곁으로

90세 노환에 그는 영원히 떠났지만
그의 말씀은 영원히 남아 있습니다

마지막 봄비 속에서 우산도 받지 않고
선종하셨지만 어느새 다시 돌아와
물끄러미 우릴 바라보며 속삭입니다

요단강 건너 가나안 땅이
약속 돼 있다는 것 그 희망을 잊지 말자고

그렇습니다
저 세상에서도 들리는 그의 말씀
희망을 갖자는 것
용서하고 화해하자는 것

오늘의
감사의 기도로 삼아야겠습니다

                      - 2021.5.1 정진석 추기경 영결식장에서

그대, 청맹과니여

1.
어쩌다가
이 모양 되었는가

일그러진 얼굴에
수심 감추고
터벅터벅 걷는 사람아

떠돌다가
이리 오게 되었나

방황하다
저리 가게 되었나

(후렴)
웃음 반 눈물 반
고달픈 인생길에
그대, 숨소리도
거칠구나

2.
구름 따라
흐르다 이리 됐나

여울 물 ~ 건너다
미끄러졌나
정강이에 피도 났구나

앞 못 보고
걷다 쓰러진 사람아

먼 산 보던
그대 청맹과니여

시의 화살

하느님 아버지
저는 예비 신자이옵니다

기도가 비록 서툴지언정
부디 응답하시어
이런 사람이 되게 하소서

무엇보다도
거친 파도를 헤쳐 나가면
반드시 해변에 닿는다는
희망을 갖는 사람이

드넓은 대지도 언젠가
가로 질러 건너갈 수 있다는
용기를 갖는 사람이

그리하여
망망대해서도
황량한 벌판에서도
굴하지 않으리란 결심을
하는 사람이 되게 하소서

바다 속에선
물고기 떼와 산호들이
대지위에선 풀과 나무
꽃들이 보고 있다는 것도 알게 하소서

한 번 더 질풍같이 내닫을
도전의 기회를 갖게 하소서

하늘에는
파아란 시의 화살을
마음껏 쏘는 사람이 되게 하소서

흙에서 낳고 자란 근성을
끝까지 가져서 그것을
굳건히 발휘할 팔과 다리를
갖는 사람이 되게 해 주소서

나를 스치는 시간

생이란 치유의 과정 이라고도 하리라
대저 서로가 서로에게 상처를 주고받는 걸 보라
그리하여 저마다 허겁지겁 치유에 나서는 걸 보라
내 경우 치유약제는 시의 창작이고 낭송이다
더 정확히 말해 나의 시 창작,
낭송의 궁극은 치유를 넘어 인생 그 자체다
그래, 내 인생의 밑줄이다
언제까지 일지는 모른다
그것으로 미지막 한 걸음 *스올을 선택할 때 까지
이승에서 사랑받고 필요한 사람이고 싶을 뿐
가용시간은 한정 돼 있다
시간이라는 열차에서 뛰어 내리고도 싶다
그렇다 해서 시간이 멈추지 않는다는 것도 안다
나는 지금껏 해온 그대로
착실한 *범생이 이승의 열차는 말이 없다
그저 달릴 뿐 이다
이따금씩 간이역에 머물다 금 새 떠나가는,

시간에 쫓기는 듯 달아나는
그 열차가 이승의 마지막 종착역을 향해 달린다
창가 열차의자에 앉은 나는
*로뎅의 ‘생각하는 사람’ 나를 스치는 건
시간만이 아니겠구나.

나 혼자 사라진다 하여

나만은 죽지 않을 것이라 믿고 있었다
그리고 어찌되어 죽는 날에는 세상 큰 일 날 것으로 봤다
그러나 그게 아니었다
생자필멸이라고 무릇 산자의 목숨은 반드시 끊기어
영원하지 않다는 것
그리고 세상이 나 중심으로 돌아가는 것도 아님을 알았다
오늘 있다가 때 되면 사라지는 게 생인데
더구나 이 한 몸 사라진다고 세상 달라질 것도 없는 데
서러워 할 일도 아닌 데
다만 나 혼자 사라질 뿐 세상은 변함없이 잘도
굴러 갈 것인 데, 그러니 천하의 고민을
혼자 다 짊어지는 것은 어리석은 일이다
누구든 이 세상에 잠깐 왔다 어느 날 떠나간다
그것이 인생일 뿐이다
다시 말이지만 나 혼자 사라진다 하여
크게 달라질 것이 없다는 것이다

한 줄의 단상
– 그대 그리고 나는

그대 어디서 왔는가
나는 또 어디서 왔는가

그대 어디로 가는가
나는 또 어디로 가는가

그렇구나

어디서 왔는지
어디로 가는지도 모르면서
서로 만나 살아왔구나

그대 그리고 나
우리는 어디서 왔는가
우리는 어디로 가는가

6월의 그리움

하지가 지나더니 녹음이 더
짙어지나 보다
그토록 탐스럽던 장미와 모란은 이울어지고
나는 그대를 못잊어 표준하체의 몸으로
얼마의 여정을 넘는다

조국의 강토
저 산 너머 가물대는 옛 사랑
희미한 그림자 따라 그리운 사람을
그리워하는 계절

산하에 뿌려진 젊은 피
그대의 넋은
녹슨 철모에 이끼 되었구나

결별은 다시 만나자는 약속
이쯤에서 우린 역사에 묻자
우리도 그리워 질 수 있을 것인가를

세월은 흐른다
때로는 *끄억끄억* 흐느끼고
때로는 껄껄껄 웃으며

가정의 달, 5월 가고
어느 사이, 현충의 달 6월

그렇다
가정과 현충은
일 년 열두 달 아니, 가슴속에 영원한 것

71년의 세월, 그 하늘에 기도를 올린다
6월의 그리움으로

시간의 의미
— 지하철에서 만난 교통문화선교회의 글에서

신이 허락한 시간에는 어떤 것들이 있을까요
아마도 두 가지가 아닐지요
실아 가는 시간과 살아내는 시간 말입니다
살아가는 시간은 흘러가고
살아내는 시간은 고통으로 얼룩집니다
지금 우리에게는 무엇 하나
맘먹은 대로 되질 않습니다
꽃들은 피어나고 새들은 지저귀는 데
이런 저런 형편들이 나아질 기미가 안 보입니다
그저 눈물과 함께 흘러내리는 시간입니다
장성해 문필가 된 아들이
아버지에 대한 글을 쓴다고 나섭니다
아버지는 아들의 그런 시도를
애틋해 하면서도
"애야, 관둬라. 나야 아무것도 하지 않았고
 그저 살아냈을 뿐 인데"라고 합니다
그러자 아들이 다시
"아닙니다. 아버지가 하신 일 이 얼마나 많은데요"하면서

아버지에 대한 글을 써내려 갑니다

그렇습니다 앞으로도 굳건히 살아 내야겠습니다

이 믿음이야말로

절망을 희망으로 이끄는 힘이 될 것입니다.

나는 시간의 방랑자

간다
종착역으로 간다
달빛도 별빛도 없이

바람 불고 눈보라치는
어두운 하늘에
하얀 입김 뿜으며

차가운 새벽길을 간다
정적을 깨고
외로이 걷는 나는
고달픈 나그네

삿갓중절모에 우산대 지팡이
배낭 하나 걸친
21세기의 갸라반

사막은 영원의 길
나는 세월의 방랑자

끝이라도 보여 다오
인생 종착역
내 인생의 종착역이여

사막은 영원의 길
나는 영원한 방랑자

날마다 해는, 뜨고 지는 데

지구촌의 신종 쓰나미
코로나사태가
'언택트시대'를 불러왔다

'언제 한 번'이라는 말 들이
사라져 간다

언제 한 번 만나자거나
식사나 한 번 하자거나
막걸리나 한 잔 하자는
말 들이 잊혀져간다

언제 한 번, 찾아뵙겠다든지
혹은 모시겠다든지
연락드리겠다든지 하는
그런 말들도 없어지고 있다

만나지도, 약속하지도 않으니
전화는 끊어지고
악수하는 일, 메일도 없어져
'집콕'이고 '방콕'이다

처자식과 부모, 스승님,
친구나 선·후배, 직장 동료
거래처 사람들과 나누는
정겨웁고 사랑 듬뿍한

'언제 한 번'이란 그 말 들
'코로나사태'라는 것이
앗아가고 있다

날마다 해는, 뜨고 지는 데

아는 것이 아니라 믿는 것이다

나는
어디서 와서
어디로 가는가의
명철을 구하고자 한다

그 명철 운운하며
그저 아는 체 하며 산다

기껏 한 주먹 남짓한 얄팍한 무장

재판에 회부돼야 할 안다는 것의 가벼움

신이 묻는다
대체 아는 게 얼마나 되느냐고

가슴 떨리는 두려움 속에서
골리앗을 이긴 다윗의 지혜
그것은 아는 것이 아니라 믿는 것이었거니

어둠 속의 빛 같이
다윗의 돌매 질이 깊은 생각을 하게한다

시시각각의 두려움을 이기는 건
아는 데 있지 않고 믿는 데에 있다는

그렇다
신은, 아는 것이 아니라
믿는 것이라는 것을 알려준다

시인은 화살을 쏜다

그 해
음력 6월의 밤은 무더웠다

집안 구석구석 돌아
땀 줄줄 흘리던 밤
초승달도 더위를 피해 중천에 떴고

언제부턴가 야행성이 된
애완견도 졸래졸래 사람 따라 나왔다

적당히 살찐
어둑한 그 여름 밤 한강
끄트머리천변에서 그래도
별들을 헤아려 보았다

무덥다는 것 불쾌지수 높다는 것
그래서 잠 못 이루는
여름밤이 고맙다는 듯

시인은 시간을 잊은 채
시의 화살을 하나 둘
뽑아 날려 보냈다

대체로 하늘의 벽에 걸려 꺾였지만
그래도 가끔은 화살들은
별을 맞추기도 했다

거위의 꿈은 울음 때문에

거위는 오늘도 뒤뚱거리며
꺼억꺼억 거린다
그래도 거위에겐 한 때
꿈이 하나 있었다

다른 새들처럼
하늘을 마음껏 날 수 있었으면 했다
하지만 신은 거위의 비상을 허용치 않았다
곰이 인간이 되 듯
거위가 혹시 인간이 되는 걸 경계했던 것일까

그 대신 하늘까지 날지 않아도 여기저기 땅에
흩어져 있는 모이를 양껏 쪼을 수 있게 했다

거위는 그것으로 반은 만족해하면서, 반은 날고자 했다

그리고 날 수 없다는 걸
알아차린 뒤로는 낮에도 밤에도 그저 울 뿐이었다

거위의 꿈은 바로 거기까지였다

거위의 꿈은 결국 울어서 허망하게
무너져 내린 것이었다

울지 않고 더 기도했더라면 날 수 있지 않았을까

우리도 거위의 꿈을 꾸다가 포기하고
울고 있는 건 아닐까
거위가 그의 꿈을 울면서 접었듯이

인간의 가장 큰 죄악은
그렇게 꿈을 포기하는 데에 있는지 모른다

내 고향 해남 땅 끝 마을

4월엔 거기,
해남 땅 끝 마을에 가보라
파도 넘실대는 바다의 남쪽
땅 끝 마을이라 했던가
그곳은, 나주와 광주 무안에 통하고
영암으로 가는 길목
젖과 꿀이 흐르는 가나안 땅
한 맺힌 호남의 수호신
황금의 들녘 지평선은 하늘 맞닿아 가물거리고
대흥사에선 서산대사 목탁소리 선연하다
이웃집 아저씨 같은 상투 거무스레한 얼굴에 따스한 미소
땅 끝 마을은 오늘도 그렇게 서 있는 것이다
국창의 '호남 가'속에 아련히 흐르는 노랫가락
'내 고향 땅 끝 마을'
지금은 축제의 시간 질펀한, 징. 꽹과리 소리
상모 돌리는 신명이 있다

가슴 답답하거든 풍요롭고 너그러운 그 땅에 안기어라

4월엔

푸른 파도 밀어오는 남풍 거기, 땅 끝 마을에 가보라.

천우신조. 아, 그들이
더 크게 들을 수 만 있다면

두 개의 귀와 하나의 입으로만 보더라도
더 듣고, 덜 말하라는 것이다

잘 못 듣거나, 아예 못 들어 오해되고 오해하며 사는
여기, 한 사람이 있다

저 멀리 안데스산맥 너머 태양의 잉카문명 페루
쿠스코의 열차가 어른거린다

그는 망가진 청력을 보완해
입 더 놀리고 괜히 큰 소리로 말해야 한다

10년의 세월, 안간 힘 쏟아
경쟁력이 있다 싶은 시의 낭송도 그럴 것이다

이것은 그가
취미로 하는 샛길 신의 뜻에도 반하는 것

그래, 이제라도 시인의 본령
시 짓는 일에 몰두하면서 더 듣고 덜 말하며 살리라

이 세상에 신이 인간을
내 보낼 때 뭔가의 뜻이 있다 한 그 명리대로

그는 그렇게
신의 목적에 부합해
마지막까지 이를 수 있을까

칭찬보다 욕이 더 많은 세상
칭찬에는 저절로 열리고 욕에는 서둘러 닫히는 귀 둘

천우신조 아, 그들이 더 크게 들을 수 만 있다면
그는 망가진 청력을 보완해
입 더 놀리고 괜히 큰 소리로 말을 해야 한다

거긴, 1급 노숙자 자리였지만

코로나백신 2차도 끝났으니
막걸리 한 잔 하자던 날
약속보다 한 30분 빨리 왔다

강남의 어느 건물
가상 자리 턱에 누워 하늘을 본다

옆 건물 1층이 카페라
배낭을 베개 삼아 그쪽으로 머리를 두르고

가짜 노숙자는
그렇게 예의를 갖추고 하늘을 보는 것이었다

삼복의 더위라곤 하지만 하늘은 그냥 푸르렀고
골목 길 이어선지 바람도 제법 불어 왔다

문득, 진짜 노숙자들을 떠 올린다
다들 어디 갔나.?
지하철 이라 지금 찜통 일 텐데

가짜 노숙자가 잠시 실례한 곳은
쓸 만한 자리로 능히 권장할 만 한 데

하지만
진짜 노숙자를 보면
빌딩관리자가 가만있을까
아마도 100미터 선수처럼 달려 나오겠지

거긴
1급 노숙자 자리였으니까요.

시로 말하는 한 줄의 단상

'다윗'이 안 보인다

다윗이 사울 왕에게 쫓겨
도망자 신세가 된 이유는 간단했다

사선을 넘나드는 고난의 연단으로
이미 신심 사라진 사울을 버리고
하느님이 그를 이스라엘
왕으로 삼고자 했던 것이다

그리고 그 담보로 사울의 아들 요나단을
전쟁터에서 죽을 때까지
평생의 도우미가 되게도 했던 것이다

질시에서 빚어진 사울의 멸망에서,
그리고 다윗의 부상에서 우리는 작금의
한국 대선후보, 그들의 진면목을 본다

너 죽고 나 죽자 식
상대를 헐뜯는 네가티브에서
사울의 냄새가 진동한다

참으로 서글프고 안타깝고 불행한 일이다
그들에게 진정한 리더십이 없는 건
사울의 질시
그 미움과 비난, 저주가 자리하고 있다

이 백성에게서 사랑과 칭찬,
감사의 리더가 없는 건 불행한 일이다

그런 불행대신 축복을 주십사
하느님께 빌 뿐이다

생의 종착역

언제 끝나버릴지 모르는 비밀
그러나 반드시 끝나 버릴 것이다

그대, 분명히 해 둘 것이 하나 있다

언제 끝나버릴지 모르는
그러나 반드시 끝나버릴

그리하여 아무리 싫어도 그 날은 온다는 것

장미와 모란이며 온갖 꽃들은 이울어지는데

한 때라 싶게 피었다 지는 꽃 들
눈여겨 볼 까닭 있으랴

그대여
저벅 저벅 다가오는
그 날을 맞으려 그대는
무엇을 어떻게 하고 있는가

분명 우리 모두는
비밀의 종착역으로 이동 중인 것을.

혼자 쓸쓸히

나는 오늘도
가고 싶지 않아도

가야 할 길이 있다
가야 할 때가 있다

내 곁에 아무도 없이
누가
기다려 주지 않아도

가야 할 길이 있다
가야 할 때가 있다

내 곁에 아무도 없이
누가
기다려 주지 않아도

혼자 쓸쓸히 가야만 한다

한 줄의 단상, 그리고 나는
– 19층의 애환

'계단 말고 엘리베이터'...
대중가요가 흐른다
그리운 노래

버튼 누르면 닿던
프레스센터 19층
내게도 그런 노래 있었지

어디선가 누군가가
기자회견 열던 아지트

북한 '3층 서기실' 보다
더 센 헛기침
거기
다른 사람들 모르는
암호 하나

이젠 밖으로 도는 사람
꽃바람 부는 날
커피 한 잔 마신다

아지트도 암호도 사라진
존재의 부존재

남몰래 19층 들락거리는 나는
한 마리 도둑고양이다

한 줄의 단상, 그리고 나는
– 고개를 들라 하지만

언제 부턴가 집사람이
제발 고개 숙이지 말고
걸으라 한다

자라처럼 목 푹 처넣은 듯
완행인 나에 대한
짜증과 비난, 동정이 각 3분의1쯤 될 것이다

고개를 들라
마치도 조선시대
어느 어전 앞에 꿇어앉은
죄인인가 나는

나도 고개를 들고 싶다
하지만 고개를 들 이유가 별로 없다

내가 잘못 해선지 어쩐지
마누라는 아프지
나도 별 볼 일 없지

그러니 뭐가 얼마나 좋다고
고개가 들려 질 것인가

얼마 전엔 무더위로
나무에서 추락한 매미
7미리의 주검도 거두었고

나는 언제까지 고개 숙이고
살아 가야 할 지 모른다

오늘도 나는
고개를 숙이고 걸을 뿐이다
옛적 K가수가 힛트한
'사막의 한'을 흥얼거리면서.

한 줄의 단상, 그리고 나
– 밤을 잊은 그대에게 더욱 절실하지 않으리

유대인 신앙 교육서에는
*미드라쉬가 있다

성경행간의 참뜻을 새기는
랍비문학의 성경주해...
This, too, shall pass away

'이것 또한 지나가리라'
지혜장이 솔로몬왕자가
부왕 다윗의 반지에
세공들로 하여금
이 말을 새기게 했다

승리에 지만하지 않고
패배에 절망스러워도
희망을 버리지 않으리란
그리하여 하찮은
돈, 권세, 명예에 집착하지 않겠다는
거듭되는 승패

그 때 마다 가슴에 새겨
플래카드로 걸어 둘 잠언

그 인생잠언이 있음은 축복이다

아니, 한 줄의 성찰 그건
밤을 잊은 그대에게
더욱 절실하지 않으리

* 미드라쉬 : 영어로 Midrash,
            성경주해의 한 방법.
            유대인 신앙교육서 표제어.

한 줄의 단상, 그리고 나
– 남기고 싶은 이야기들

누구든 남기고 싶은
이야기 몇 토막 쯤 있으리라

나도 그렇다
내게도 남기고 싶은 것 들이 있다

하찮은 몇 덩이 부동산
얼마의 현금 통장
아무짝에도 쓸모없는 명예
그런 몇 조각의 유산거리가 있는 것이다

또한 처자식이 있질 않는가

이제 그런 것들과 아쉽지만 이별할
사전연명의뢰서와도 같은
한 줄의 시를 써야 한다

문득 떠오르는 신문의 마지막 면
한 코너를 맡아 연재하던 남기고 싶은 이야기들
이제 그 연재물을 신문사를 나온 지금
실황방송처럼 다시 써야 한다
*라떼호수의 물을 마시고
모든 걸 소멸시키기 전에

그래, 내게도
남기고 싶은 이야기들이 있는 것이다

* 라떼(Lathe)호수 : 희랍신화에 나오는 망각의 강.

한 줄의 단상, 그리고 나
– 성공의 법칙은 한 되 반, 3가지를 아는 데 있다

내 나이 탓인가
장례소식이 심심잖게 들린다
코로나사태 핑계로 참례는 제한적이다
지난날 나는 화장장 출입이 잦았다
그래서 인간이 마지막으로
성인기준 한 되반 정도의 뼈 가루를 남긴다는 걸
일찍 알게 됐다
움직일 수 없는 3가지의 프레임이 있다는 것도
단언하기에 이르렀다
없는 것, 분명한 것 그리고 모르는 것 등이 그것이다
우선 망자의 이승이라 해야
그 어떤 정답도, 비밀, 공짜도 없었다는 걸 말해준다
또한 화장장에서는 새삼 산자는 반드시 죽는다는 것
그것도 혼자 죽는다는 것
아무것도 가져갈 수 없다는 것 등을 일러 준다
죽음은 또 모르는 것도 3가지나 있음을 알게 한다
언제, 어디서, 어떻게 죽을지 모른다는 것 등이다
하긴 그렇게
이승을 넘나들며 겪는
3가지 부동의 틀 속에 인간의 성공법칙이 있지 않을까

한 줄의 단상, 그리고 나
– 종말론, 그리고 무지개

언제부터 나온 말인지는
잘 모르겠다

모르긴 해도 아마
성경의 예언서가
그 발단이 아닐까 한다

그러니까 종말론은
신의 계획과 약속이라는 거다

종교계는 그 증표로
쓰나미나 전쟁 등 불의심판 그리고
최근의 코로나사태를 들기도 한다

하긴, 신이 하늘에 무지개를 띄워
더 이상
재앙은 없으리라는 복음을
전한다니 헷갈린다

우리는 지금
종말론, 그리고 다시 뜨는
무지개를 헷갈려 하면서
동시에 보고 있는 것일까

한 줄의 단상, 그리고 나
– 매미의 장례를 치르며

칠성당까진 지어주지 못하고
매미들의 주검을 그냥 장사 지냈다
밖으로 난 아파트 공원
한 구석의 흙을 헤치고 묻어 주었다
알에서 굼벵이 유충과정을
지나 성충이 되는 어엿하게 3생을 거치는
이네들을 장례까지 치르니
다시 환생할 것을 믿는다
매미로서는 삼복의
무더위로 나무에서 추락해 횡사한 것이다
그래 눈물의 추억이야 없겠지만
기껏 일주일에서 3주 살다 가는 것인데
장례를 치른 이네들은 그런 단명조차 누리지 못했다
하여 얼마나 억울할까
그런 연민을 갖지 않을 수 없다
헌데 이게 웬 일인가
이네들의 울음소리가 환청으로 자꾸만 들렸다
그 소리에 흙을 재끼고

들여다보니 누인 대로 가지런하다
그만 울거라 나도 마음 아프다
그러면서 다시 흙을 덮어 주었다
인간의 무덤처럼 단단히
밟아 주기까지 했던 것이다.

한 줄의 단상, 그리고 나
– 로또 한 장

친구여
자네도 알 듯이
내 일확천금이나 노리는
무슨 광산 매니아는 아니네만

헌데 요즘 부쩍
로또 한 번 당첨됐으면
하고 바라게 되니
어찌 된 일인지 모르겠네

며칠 전이었네
편지 한 통 들고 우체국에 갔는데
창구직원이 주소가 없다기에 아니,
내 주소를 썼네 그려

내가 나에게 편지를 부친 꼴이 된 것이니
우스꽝스런 일 아니겠는가

내 친 걸음에
우체국 앞 거리가게에서
큰 맘 먹고 로또 한 장 샀네

돼지꿈 꾸면 된다니
까짓 돼지 꿈 한 번 꾸려네
그래, 로또라도 한 장 품고
있어야 안심되나 보네

당첨될지 누가 알겠는가
당첨되면 자넬 부르고 싶네
그땐, 열일 벽사하고 오시게

얼마 전 개업한
삼각지 순대 국 집에서
모주가 있으면 더 좋고
막걸리 한 잔 하세
이런저런 정담이나 나누세.

한 줄의 단상, 그리고 나
– 그러니 난감 하네 그랴

인생이란 어쩌면
주식투자와도 같지 않을까
어차피 인생에의 투자는
시간이라는 밭품에
머리 굴리기에 돈까지 온갖
에너지를 다 쏟는 주식투자 같은
작업이므로
주식투자의 핵심은 3가지
더 이상의 손실이 예상돼
혹은 이쯤의 이익에 만족해
팔아넘길 것인가
아니면 차제에 주식투자
손 떼고자 물량을 정리할 것인가
그렇듯,
지금 내 인생은 어디 쯤 인가
손 절매 또는 익 절매 시점인가
아니면, 본 절매 타이밍인가
참으로 헤아리기 어렵다
인생에의 투자, 분명한 것은

지금 무슨

주식 투자 같은 소릴 할 때가

아닐 것 같은 데

그러니 난감 하네 그랴

한 줄의 단상, 그리고 나
– 8월 한 달만 지나면

어제 밤엔 몸 불편한
마누라가 잠든 사이
도둑고양이처럼 빠져나와
마트에서 와인 한 병 샀다

5도라 취하지 않을 것이고
할인가격에 만원이 채 안 된
것 또한 구매의욕을 돋궜다

이미 다른 중년이 앉아있는
아파트 1층의 벤치에서 노래를 들었다

썸머타임과 아텀리브스
거기에 보너스처럼,
홍하의 골짜기며 베사메무쵸까지

그리곤 소리 없이
한 줌의 눈물이 흘러 내렸다

왠일인가
음악에 울기도 한다니

하긴, 8월 한 달만 지나면
여름이 가겠지
내 그토록 좋아하는 가을이 오겠지
낙엽 지는 내 생애의 계절처럼.

한 줄의 단상, 그리고 나
– 한 마리 새로

누가 그러더군요

얼굴이 왜 그리
수심 가득 하냐고
등은 왜 그리 가끔 들썩이냐고

소주만 마시면
몸이 망가지는 데 왜 그러냐고

그러지 말고
휘~하니 고향이나 한 번
다녀오지 그러냐고

그렇네요
두고 온 산하 그리운 얼굴들

아무리 바람 불고
가슴에 빗물 내려도
그리움은 그 자리 그대로

나는 한 마리 새가 되어
내 고향에 가고 싶다

한 줄의 단상, 그리고 나
– 아직도 못다 부른 노래

핏기 없는 버짐 핀 얼굴들
장롱 속 깊은데서
저마다 태극기 꺼내들고 드디어 해방이다!
태극기 물결은 그렇게 삼천리강토를 휩쓸었다
하지만 8.15 노래는 아직 끝난 게 아니었다
다시 오 마던 그 약속 오늘도 일본은 독도가
자기 것이라 하고 위안부문제는 배상이 아니라
보상차원이라 강변하다
경제침략의 음산한 게다짝 끄는 소릴 내면서
또한 중국은 말도 안 되는 동북공정야욕을 드러낸다
오랜 우리의 영토, 우리의
역사를 다시 집어삼키려는 저 날 강도들
야수의 소리는 북의 핵 놀음 속에서도 들린다
8.15의 한반도는 지금 남과 북으로 두 동강 난 채
창세기 혼돈 어두움의 장막
국론마저 진보와 보수로 깃발은 찢기어 있구나
그대, 타고난 운명일랑 떨치고 일어서라
진정한 광복을 위해 아직도 못다 부른 노래
부르게 하라 하늘이여, 하늘이여

한 줄의 단상, 그리고 나
– 카르페 디엠, 메멘토 모리 그리고 미드라쉬

죽은 시인의 사회, 로마시대,
다윗의 반지이야기를 하자
키팅 교사가 시와 낭만 사랑의 정신적 감성을 삶의 방편
의학 경제 기술보다 아껴
'오늘을 소중히 하라'는 *카르페 디엠
로마 시인장군 호라티우스의
'그대는 내일 죽는다'는 *메멘토 모리
지혜꾼 솔로몬 왕자가 부왕 다윗 반지에 새기게 한
'이것 또한 지나가리'란 뜻의 *미드라쉬 이야기가 있다
영혼이라곤 없는 현실안주,
승리에 들뜬 오만함과 죽음,
작은 성취에 젖어 사는 초라한 인간군상을 본다

카르페 디엠, 메멘토 모리 그리고 미드라쉬..!

* 카르페 디엠 : Carpe Diem, 오늘을 소중히 하라

* 메멘토 모리 : Memento Mori, 내일은 죽는다의 뜻

* 미드라쉬 : Midrash, 성경 주해식 유대인 교육서

한 줄의 단상, 그리고 나
− 내래데(Nerede), 내래예(Nereye)

아마도 나의 전생은 방랑자였을까

사막 걷는 걸 업으로
삼는 어느 삿갓집에서 태어났을지 모른다

운명의 역마살
오늘도 나는 사막의 길을 걷는다
때론 졸기도 하며

삿갓 인냥 중절모 눌러쓰고
지팡이 삼아 장우산 짚고
배낭 하나 걸친 나는 21세기의 캬라반

시람 들은 사막 쪽으론 가지 말라며 아무래도
'또라이'같다고 손가락질을 받는다

어떤 때는 허허 웃고 어떤 때는 찔끔 거린다

불란서 르몽드기자 출신 올리비에씨가 노르망디서
중국시안까지 도보로 간 1만2천 Km의 실크로드

그 중간에, 까탈스러운
터키의 국경수비대가 묻더란다

내래데(Nerede),
내래예(Nereye)...

그렇구나
그들의 물음이 예사롭지 않구나
어디서 왔는가, 어디로 가는가
어쩌면 나는 인연이라는 것에 대하여
전생에 방랑자였을까

한 줄의 단상, 그리고 나
– 지난 날 들을 잊으라니요

사람의 지난 날 들이란
무엇 인가요

하찮게 보였겠지만
이런 저런 일로 나도
땀께나 흘렸네요

열심히 살아왔는데
그렇게 쉽게
잊을 수 있겠는지요

지난 날 들을 스스로
잊고 사는지도 모르지요
아무렇지도 않는 양
시나 쓰고 낭송하면서

두려움 한 자락이
무겁게 내려 앉았네요
아니면 서늘하게
가슴에 남아 있겠지요

치열했던 지난 사연들
가슴 아파 눈물이 나는 데
어떻게 그냥 잊을 수 있나요

지난 날 들을 잊으라니요

여름 날 백사장 한 구석
노인과 바다 소설책 한 권

아, 빈 배로 남아 있다
다시 바다로 나갈 것인대요

한 줄의 단상, 그리고 나
– 코로나의 몇 가지 충고

*영국에서 신문사로
한 통의 편지가 날아왔다

코로나가 인류에게 주는
몇 가지 충고가 있다는 것

우선 주먹구구식이 아니라
뼈저린 성찰 속에
경험주의의 과학적 사고가
긴요함을 일러준다는 거다

그 연장선에서
포스트코로나 시대의
상황인식이 중요하다는 것

그리고 지금껏 살아온 생활방식,
사회적 문화와
체제 역시 확 바꿔야 한다는 것이다

그리하여 인간관계에서
적당한 거리두기와
격리의 사고에 적응하고

지금의 오락도 취미도
차제에 쓸데없는 여행도
삼가라고 한다는 것이다

코로나가 인류에게
회초리를 든 무서운
선생님이 돼 알리는 충고를
진중히 받아들이란 것이다.

* 영국에서 : 캐임브리지대 석좌 장하석교수가 중앙일보에 기고한걸
  발췌해 필자가 시로 재구성했음을 밝힘

한 줄의 단상, 그리고 나
– 산티아고의 독백

산티아고는, 스페인의
기독교 성지순례 지명만이 아니다

노인과 바다 소설책 주인공으로도 등장한다

플로리다 남단 키웨스트
헤밍웨이 생가에서 한 뼘 바다 건너 큐바

멕시코만을 내다보는 핑카 비히아 마을
산티아고는, 그곳 태생이다

패배한 어부로 온 동리서
낙인찍힌 뒤 몇 번이고 바닷가 맴돌다
기어이 먼 바다에 나가
배보다 더 큰 청새치 잡아
상어 떼 만나 사투 벌이지만
앙상한 뼈로 남은 전리품
배에 달고 돌아와 화병인양 몸져눕는다

청새치보다도, 다시 꾸는 사자 꿈보다도
우리는, 그가 중얼거린
바다의 독백에 훈장을 달고
그의 명예를 회복시키자

인간의 가장 큰 죄악은 희망을 버리는 것이라고
인간은 또한 환경에 파괴될 순 있어도
스스로 패배할 수 없다 한, 산티아고의 독백은
오늘은 환청으로 더 아련하다

한 줄의 단상 그리고 나
– 운명이라는 것에 대하여

운7 기3
타고난 운이 7할이고
그 나머지가 3할이라 했다

언제든 폭풍우 들이닥치는
인생항해에서 그만큼 운이
많아야 한다는 것이다

지난 나의 여정도 대체로
어렴풋이 그랬던 것 같다

하지만 운명이라는 걸 인정하면서도
뭔가 개운찮다

운명론의 진면목 탓인가
타고난 운이야 어쩔 수 없이 순응할 일이나
명이라는 개척의 여지 즉,
의지가 존재한다는

그리고 명이란 것을,
그저 남은 땅 개척이 아니라
운명 그 자체를 좌우하는 하기 나름이
중심을 이룬다는 생각이다

얼마 안 남은 여정 또한
그럴 것이라고 자꾸만 신조가 되어간다

내 운명
내가 결정하는 운명의 자결권
줄 서있는 것인가

니체의 말대로
비껴라 운명아 내가 간다
나는 정녕 그럴 것인가.

한 줄의 단상, 그리고 나
– 여름을 떠나보내며

허공에서
폭풍마저 안고 내리는
'비의 탱고'

마지막 여름의 비는 그렇게
우수며 낭만도 한 자락
머금고 있겠지요

매미 소리는 뒤로하고
귀뚜라미 소리 미리 듣는
이별의 계절엔 우리
사무치게 노래를 하고
그러나 그리움은, 가슴
아프다는 것도 기억해요

여름은
질식의 무더위를
안개처럼 내려 깔고
변종의 바이러스 코로나는
더 세게 거리를 확보하네요

이스라엘 백성같이 우리도
문설주에 피 묻혀 코로나가 조용히
지나가도록해요

검고도 붉은 망토 바람에 날리며
코로나가 벌이는 한 판의
신명나는 춤사위, 이 탱고의 계절
여름이 떠나는 날 태양은
하냥, 따사롭겠지요

한 줄의 단상, 그리고 나
– 마지막 호사란 없다

누가 말 하더군요
무엇을 남기고
무엇을 가져 갈 것이냐고

돈 권세 명예
그런 것들 헤아려 보지만
새 털 보다 가벼울거에요

아무 짝에도 쓸모가 없는
그게 다 무어더냐
텅 빈 가슴안고
끝내 등을 들썩이며 울어버리네요

그러다 문득 머리에 스치는
한 줄의 *미드라쉬
This,too,shall pass away

이것 또한 지나가리라
그 말이 걸린 하늘을 쳐다 볼뿐,

하긴
남기고 가져 갈 게
있긴 있네요

한 손엔 시집 한 권
또 한 손엔 누렇게 쉰 모소리 나의 시낭송 CD 한 장

그 또한 부질없는 욕심
마지막 호사란 없는 거네요

한 줄의 단상, 그리고 나

– 백신에도 감사하며 살자

내게는 할 일이 천지다
백신(Vaccine)이란 말에도
감사해야 할 이야기가 있다
인류애에 바탕 한 혜안, 전문성과 집념
영국의사 E.제너부터 보자
천연두로 매년 수 백 만 명이 죽어 갈 때
우두란 소의 젖
백신을 개발, 접종에 성공했다
벌써 225년 전 일이다
왕립협회가 특허 내 돈 벌자
했지만 거절해 백신의 의료 혜택을
인류에 공개했다
소라는 뜻의 백신 주사약이
소젖고름이라 반대들 했지만
시대를 뛰어넘는 혜안과 소젖을 짜는
여인들에 집념한 관찰 끝에 백신을 개발한 것
백카(Vacca)라는 라틴어 뿌리의
천연두 백신은 예방의학대책의
원조가 돼 지금껏 주류로 이어져 왔다
터키 독일이민자 U.시한부부

역시 가운의 실험실집념으로

코로나 백신을 개발했다

인류애 백신개발의 집념의 전문의사들 혜안,

그 실용화

완벽주의화에도 감사하자

한 줄의 단상, 그리고 나
– 비원, 밤의 강가에서

추적자는
고요의 강물에 스며든다

칼 한 자루 망토에 품고
바람처럼 어둠의 강을
타고 와 비수를 꽂는다

고독이 마침내
서러운 시가 되는

슬픔을 타고난 시의 운명
그리하여 고독 속에
시가 있다는 것

마음 가난한 얼치기 시인
그의 시가 한 방울 눈물이 되어
가을 술잔에 떨어진다

오, 고독이 흐르는
비원의 밤,
밤의 강가에서

한 줄의 단상, 그리고 나
– 21가지 그리고 1가지

이쯤으로 인생을 정리하고 자문하자
줄잡아 21가지 특별히 1가지다
신은, 우선 인생에서 없는 것
3가지를 점지했으니 공짜, 비밀, 정답이다
신은 또, 한 번 떠나면 시간과 말과 기회가
돌아오지 못하게 했다
한 번 무너지면
신뢰 우정 존경을 다시 쌓을 수 없게 했고
필히 소유할 것으론 건강, 재산, 친구로
변화와 선택과 결정을 중요시 하라고 일렀다
술과 자만과 나태에 빠진자는 필패케 했고
참고, 즐기고, 베푸는 걸
실천 하지 않으면 후회케 했다
그리고 신은
제2성전의 가정을 지킬 주부의 건강을 으뜸으로
꼽아 건강치 못하면 가정이 무너지게 했다
그래서 다른 어떤 영역보다 마지막 1가지에
가족모두 특히 가장의 인생승패가 달리게 했다
앞서의 21가지도 시원찮지만
내가 바로 그렇다
가정주부의 건강은 주부만이 아니라
가족모두의, 가장의 아킬레스건이다.

한 줄의 단상, 그리고 나
– 혼술

내게도 누가
술 한 잔 따라주면 좋겠다

나의 인생이 내게
술 한 잔 따라주지 않았다며
한탄한 시인도 있었다

아니, 내가 그렇다
그런 호사가 내게는 없다

산다는 것이
도전이었으므로
그게 바로 나를 위한
것이었다는 걸 인정한다

하지만 젊었을 때
누구나 거치는
통과의례 아니던가

마지막 여정을 다독이는
그런 위안은 아니지 않는가

이제는 위로와 격려를
받아야 하는 나이

내게도 누가
술 한 잔 따라주면 좋겠다

한 줄의 단상, 그리고 나
– 감기약을 복용하며

중국역사에 나오는
후한시대 무장이거나
50년대 미국 영화
이름이 아니다

성스러운
예수의 옷이라거나
뇌물이나 촌지는
더더욱 아니다

성의는, 남에게 표시하는
정성스러운 뜻이다

오늘, 입추의 환절 날에
그런 성의를 내가 내게
표시한다

약국에 가서
아직 걸리진 않았지만
감기약 치감 플러스
한 봉지를 사서 홀짝인다

딴은, 이 엄정한
코로나사태속에서 그런대로
내가 내게 취할 수 있는
최소한의 성의 표시인 거다

한 줄의 단상, 그리고 나
– 그대, 정 떼려 그러시나

그대
정 떼려 그러시나
손가락, 윗 소리로
쥐구멍 찾게 해

그대
정 떼려 그러시나
정나미 떨궈서
날 내 쫓으려고

그대
정 떼려 그러시나
아무래도 못다 한
그리움 찾느라

그대
정 떼려 그러시나
차가워진 손으로
왜 자꾸 때리나

그대
정 떼려 그러시나
사랑하기 때문에
끝내 돌아서나

그대
정 떼려 그러시나
난들 어떡 하라구
왜 그러시는가

한 줄의 단상, 그리고 나

– 좌고우면하고 있을 뿐인가

일찍이 한 *철학자가 말했다
인간에겐 다섯 번의 탄생 곧 삶이 있다고
그의 어느 글 속에서
그런 말을 발견해
다섯번의 생과 사라 해 두었다
어머니로부터의 탄생
사랑과 결혼
종교에의 귀의
죽음과 마주한 순간
그리고 사명의 발견이다 이네들은 곧 생이자 사
지금도 그런 생각에는 변함이 없다

지금 나의 생과 사는 어디쯤인가
종교에의 귀의 하나 놓고도
방황하느니 한심하다
무늬만 나이 먹은 노인이지
죽음 앞에 당당히 맞서지도
마지막 사명이 무엇인지
모르고 있다
죽음 따위를 괘념 않는다는 유교문화,

나도 어느 듯 젖어 있는 것인가
서구사회가 전체 인생항로로
포함시킨다는 죽음이나 사명에 근접하지 못하는
하찮은 라이프 싸이클
오늘도 나는 다만 좌고우면하고 있을 뿐인가

* 철학자 : 안병욱박사(1920~2013. 평남 용강 출생)

한 줄의 단상, 그리고 나
– 밤 열차의 아르페지오

완행의 밤 열차는
청량리에서 10시에 떠나
새벽 4시쯤 컴컴한 바다 앞에 선다

그사이 기타 줄에 싣는 느린 변주곡
*아르페지오가 있고

가슴엔 태백의 정기
눈으론 망상의 상서로움
또한 구슬보다도 더 정갈한
옥계를 거치는 것이다

'정동진'은 그리하여
신라의 전설 1천송으로
3분의 진검승부를 노린다

시인은 또 다른 시
'신라에서 하룻밤'도 적는다

누가 알랴
억겁의 저 바다
벌겋게 물들이는 빛의 원천
평생을 다해 파도를 맴도는
갈매기의 꿈을

오, 기타의 변주곡 아르페지오
어두운 밤 달래며 울음 삼키는 너는

* 아르페지오 : aroeggio, 주로 기타 줄에 싣는 느린 변주곡

한 줄의 단상, 그리고 나
– 가시나무 새

대선후보들
가시 입씨름이 한창이다
사슴을 가리켜 말이라 한
지록위마 고사까지 소환한다
대통령하겠다는 사람들이
참으로 웃지 못 할 일이다
구성진 가수의 노래
브라운관을 뜨겁게 달군
호주의 한 소설도 있다
평생 찾아 나선 가시나무에 돌진해 죽을 때
단 한 번 가장 아름다운 노래를
부른다는 가시나무 새
가시나무에 가시가 돋힌 건
스스로의 생활수단이다
사막의 선인장도
수분을 저장키 위해
잎이 가시로 변했다
명색이 국민 앞에 나선다는 대선후보들에게
가시나무새는 없다
가시돋힌 사람에겐 쉽게

다가가기 힘들다는 걸
알아야 할 텐데 걱정이다
나무건 사람이건 가시는
나 아니면 안 된다는 당위의 소산이다
허지만 자신을 낮춰야 자신이 올라가는 이치
대선후보만 아니라 우리네 장삼이사 모두
가시 떨구며 살자
꽃피고 새 지저귀는 사회는 거기에 있다

한 줄의 단상 그리고 나
– 압록강의 아이들

칠석날에 희망을 쏜다
남북의 창에 비친
한 사진작가의 사진전이

북중 접경 지역의 압록강
거기서 뛰노는 아이들에게
이념은 없다고

그들에겐 다만
해맑은 웃음, 장난기
그래서 희망만이 있다고

코로나사태가 좀 숙지면
J 사진작가는 압록강 아이들
거듭 보고 싶다 한다

거기서 그는
다시 희망을 목격하고 싶어 한다

한 사진작가의
사진전만이 아닌 진정한
압록강변의 다큐먼터리

우리의 미래는
어두움만이 아니라 희망도 있다는 것

KBS, 그대들은
오늘 같은 날엔
두물 머리 다큐를 보내라

한 줄의 단상, 그리고 나
– 쉘부르에서 마지막 편지를 붙이네

친구여
코로나사태를 뚫고
도곡동 모나코에서
나 주문진 쉘부르에 왔네

입추 지나 선득선득
서늘한 바람타고 흐르는
시인의 섹소폰 소리 들으러

쉘부르 카페의 창가
철썩이는 낙백의 파도는
밀려왔다 쓸려가고
이따금씩 낙엽도 날리고 있네

커피 잔 속엔 지금
얼룩진 눈물의 춤사위
한 손 머리위로 또 한 손은
검붉은 치마잡고 뒷걸음치는

탱고의 미학은
한 모금 커피 속의 수채화

쉘부르 카페의 실루엣은
무거운 어둠으로 깊어만 가네

가만히 생각해 보네
나는 왜 작은 일에만
분노 해 왔는가

커피는 식어 가네
더 래스트 레터 ...
'마지막 편지'를 부치네

오래도록 가슴시릴
쉘부르 카페여 마지막 탱고

한 줄의 단상, 그리고 나
– 두 물 머리

기러기 떼 북쪽으로 날고
수달이 물고기 잡는 입춘 소리에

개구리 놀라 깨는 경칩까지
눈은 비가 되어 내리고
얼음이 녹아 흐르는 물의 우수

봄이 오는 소리를 맞는가
합수머리, 이수두, 양수두라고도 일렀으니

북쪽 금강산 발원 북한강
남쪽 태백 검룡소 발원
남한강이 만나는 두 물 머리

그 강변의
두 손 잡은 연인들 데이트도 뜨겁다

보라
낙수소릴 종소리로 듣고
조선의 세조가 세운 수종사 그 동굴 속 18나한

마을수호신 나무 베다
팔 다리 오그라져 죽은 왜구

망각의 강 전설은 또
북두오성 고인돌이 나라를,
정약용이 겨레 지켰다고 전한다

우수의 계절, 북 대동강 물 풀리면
남한강 더 결연하리라

두 물 머리는 이제
한 물 머리 통수로
통일의 물로 흘러라

한 줄의 단상, 그리고 나
– 네거티브라는 것에 대하여

네거티브란 하나의 사진기술이 아니다
음화라든가 하는 화상의 이야기가 아니다
그러지 않아도 그런 데
가만히 보면 대선후보라는 자들이
느닷없이 네거티브 심지에 불을 붙이고 있다
심지어 네거티브 필름까지 스스럼없이 나돈다
그런대도 그들은 그들이 퍼뜨리는 것 탓에
국민의 스트레스가 폭발직전의 임계치에
와 있다는 걸 모른다
아무리 보아도 이대론 안 되겠다 싶다
어떻게 할 것인가 당장 수사에 나서라
그 결과 근거가 없으면 누구든 감옥 보내라
하기야
우리네 보통 사람 간에도
그 네가티브 얼마나 많은가
먼지처럼 천지를 떠돈다 마찬가지 조치가 필요 하리
오늘이 칠월 칠석 날인 데
다정다감한 전설얘기
한마디 없이 그저 피곤할 뿐이다
우리 모두
네거티브 테스트 나서자
그리하여 포지티브를 찾아 나서자

한 줄의 단상, 그리고 나
— 미얀마의 샤머니즘 그리고 시 한 편

점성술사를 만나자
전 세계 여성들로부터 속옷을 모으자
그리하여 군부에 전달해
군인들의 퐁을 없애자
아웅산 수치를 연상케하는
M으로 시작되는 도시의 초토화를 막아내자
겹치는 숫자 날 봉기하자
샤프렌 색의 승려들이 일어서면 재수가 있다
그렇게 하여 군부 쿠데타를 저지,
민주주의를 건지자
미얀마는 지금 민중의 샤머니즘이 난무한다
군부는 범죄 집단으로 더 이상 물러설 곳이 없다
UN군도 안 보인다
미얀마는 어찌 되려나
심장등 장기가 온통 적출돼
겨우 가족에게 돌아온 시신
켓 띠
그의 시가 지금 눈물의 노래가 되고 있다

한 줄의 단상, 그리고 나
– 설국의 열차

내가, 야스나리가 되어
어두움을 달려 기차는
눈의 나라, 유끼 구니
(Yuki Guni)에 도착한다

가와바타 야스나리는
국경을 넘은 그 '설국'으로
노벨문학상 탄다

하지만 부모 조부모 다 잃고
고독은 허무 부르고
자살이 미학이었던 것을

게이샤의 노래
영혼 앗아간
설국의 배경화는 서럽다

사랑 하나로
가슴 멍든 그는
기어이 가스를 마신다

그래 샤미센 소리는
현해탄 건너 정동진 가는
열차 속에서도 은은하다

마침내 눈 오는 날
나는 야스나리 되어
설국의 열차를 탄다

빙하기 끝내 설국의 열차는 전복하고

고미코 같은 소녀 하나야 살아나지만
어찌할까, 발만 동동 구른다

거기 나는 한 줌의 눈물을 뿌린다

한 줄의 단상, 그리고 나
– 어느 날 오후, 파리 한 마리

물은 담기는 그릇에 따라
모습을 달리한다

아무리 물이 딴 마음 먹어도
그릇은 그 모습을 그린다

자연계는 힘이 지배하는
당위만이 아니라 물 같은
부드러운 이야기도 있나니

장점에는 단점이,
단점에는 장점이 있다

사냥 끝에 잡은 들짐승을
생식으로 즐기다
포만해진 사자의 오수

그날 오후
사자의 머리위에서
사자와 더불어 잠든 파리

천하의 센 발톱과 이빨로도
사자가 파리 한 마리 어쩌지
않고 눈 감는 걸 보라

바로 그것이다 사자가 파리의 존재를
인정하는 공생의 순간이다

자연은 그렇듯 따스한
인정의 질서도 있다 그것이 신의 조화이다

그렇다 마음까지도 창조주의
뜻에 따른다는 것

자연계를 다시 들여다보라
자연으로 돌아가라 인간들이여

한 줄의 단상, 그리고 나
– 당위는 가라

너도 나도 그저
앞으로 ! 앞으로 ! 다
1등으로만 달려야 한다

빨리 빨리라는 것도 그래서 나온 것

그러다가 이 세상은
사막보다 더한 *43일의 광야가 됐다

어찌 할 것인가
당위의 목표수위를 낮춰야 하는 것일까

2등 아니 꼴지가 될 수도
그래도 좋다는 사회계약론 아닐까

너무 지쳐들 있다
앞만 보고 달려온 치열한 경주로

그것은 껍데기
이제는 좀 쉬며 천천히 걷기도 해야 한다

*리좀rhizome,

그래, 우리에겐 본질이 있질 않는가

당위는 가라

* 43일 : 유대민족 엑소더스, 출애급기때 광야 헤맨 기간
* 리좀 : rhizome, 근원 즉 뿌리 개념. 박정이시인의 시 발표이후
　　　　더욱 이슈화 됨

한 줄의 단상, 그리고 나
– 카오스

*카오스는 본래
그리스 신화 공기층 이야기였다

태초의 혼돈이란
공기의 3층 구조에서 시작됐다는 것

맨 아래가 마시면 죽는 공기
맨 위가 영원불멸 신의 공기
그 중간이 인간용의 공기층

대기층이란 말은 그렇게
아에르(Arip)에서 오늘의 에어(Air)가 됐다고 한다

거대한 틈 텅 빈 공간은 바로 그런
혼돈에서 왔다는 거다

그 절대공간에 우주가 다시 들어선다는
예언은 적중할 것인가

창세기의 혼돈은 아직 끝나지 않은 창조주의
미완성 작품일 터이다

어쩌면 카오스란 말 자체가
입 벌리는 공허 아니던가

아무 것도 존재하지 않는
혼돈의 공간에 들어갈 예비 된 인간계의 공기층

신화가 그래서일까
인간계에선 날이면 날마다 카오스가 저질러진다

난무하는 혼돈의 와중은 언제까지 지속될 것인가

한 줄의 단상, 그리고 나

– 내 고향 해남

영화 속에선 뒤늦게
아버지를 만난 딸이,
이유도 모르는 부모이혼으로
조부 손에서 길러진 어린
초등생 남아가
트롯열전에서 사랑의
근원을 찾아 부른 노래
그리고 나는
뒤늦은 깨득 3가지
타향에 대한 지식과
고향으로 향하는 애착과
그리고 나의 발견
'타향살이' 노래 속
나의 방랑은
그렇게, 품에 안아줄 귀향의
근원을 찾는 과정이었네
좀 더 잘 낳아주지 그랬냐며
매양 겉돌았던 셈이네
고산고구의 그 언덕빼기,
조상의 뼈 묻힌 향관
오늘따라 더 어른거린다네

한 줄의 단상, 그리고 나

– 가까이 있다 해도

가까이 있었어도
먼 곳이 있었다

가까이 있어도
먼 곳이 있다

가까이 있다 해도
멀어질 곳이 있다

한 줄의 단상, 그리고 나
– 또 다른 길목에 서서

굽은 길 무사히 도는 게
코너링이다
그것은 운전기술이다

인생에서도
길목 도는 운전 기술 같은
그런 기술이 필요하겠지

문학이라는 또 다른 길목
다른 이들의
재치 있는 코너링을 보면서

나는
내 코너링이 너무도
부적절함을 자인한다

이전에 경험했던
코너링 공포감이
파도처럼 밀려오고 있다

한 줄의 단상, 그리고 나
– 밥벌이

얼마 전
딸네 집에 가서 본
벽에 써 붙인 글이다

그대는
오늘도
밥값을 했는가

사내랍시고
밖으로 도는 내 옆구리를
여지없이 찔렀다

그래
나는 지금
밥벌이를 하고 있는가

밥벌이도 못 하는 주제에
밥을 먹으려 드는 것은 아닌가

한 줄의 단상, 그리고 나
– 그 사람 이야기를 듣는가

어둔 밤 밝히려고
좌선 든 수도승을 보는가

잠 한 숨 못 이룬 채
오직 벽만 쳐다보는 사람

그 사람을 보는가
끝내는 시 한 줄 적는 사람

친구여
그러다 목이 메인
그 사람 이야기를 듣는가.

한 줄의 단상, 그리고 나
– 인생의 잔고

은행통장 잔고가
늘어나는 재미가 있었다
그러던 잔고가 줄면서 찬바람 불기 시작했다
불안의 파도는 급기야 공포심으로 덥쳐왔다
은행잔고 만이 아니라
인생잔고도 없어지기 시작했다
천신만고로 얻은 것들
내려놓자 이런저런 인간관계도 허물어졌다
은행의, 인생의 잔고가 허물어진 것은
나이 들어서 부터였다
어리석게도 그런 여정이 곧 삶과 죽음이라는 것을
그리고 그 두 가지가 동시적임을 깨닫기에 이르렀다
은행잔고와 마찬가지로 인생의 잔고가 얼마나
남았느냐 하는 자문 앞에 지금 빈 술잔 하나 놓여있다
한 인생선배의 말처럼 적잖은 술을 대접했건만
인생은 그저 모르는 척 내게 술 한 잔 없다
인생이란 왜 이리 매정한가
하긴
서운해 할 건 또 무엇이든가
오늘 밤도 '혼술'에 젖을 뿐.

한 줄의 단상 그리고 나
– 시가 없다면

말씀言 변에 절寺
그것이 시라 했다
전적으로 동의한다

내 비록 수도승은 아니어도
절에서 하는 말이라는 그
깊은 뜻을 헤아린다

시는 내게
얼마 남지 않는 여정에서
걸어야 할 길이 아니더냐

아직 무신론자인 나에게
신이 마지막 선물로 시를
내려 주었다고 믿는 것이다

언젠가 신에 귀의하겠다는
결심을 굳히면서 날마다
시 한 수씩을 지어 본다

시가 아니었다면 나는
폐인 아니면 치매로 인간의
존엄을 잃었을지도 모른다

그런 생각을 하자니
시가 더욱 무한감사 할 따름이다

시가 없다면
내 무엇으로
위로 받을 수 있으랴

아니, 내 안에
시가 없다면
무엇으로 살 수 있겠는가.

한 줄의 단상, 그리고 나
– 워라밸

'워라밸'이란 말
스무고개 같은 이 말을
헤아리면 이렇다

OECD가 연전에 조사한
일(work)과 삶(life)의 균형(balance)문제다

당연히 한국은
최하위권이었고
그래서 화두다

'죽은 시인의 사회'에서
'키팅'교사가 학생들에게
한 말과도 맥을 같이한다

경제라든가
기술이라든가는
살아가는 데 필요하다

하지만, 낭만이라든가
사랑이라든가 시가 더 필요하다는 그 말

인간이 영·육으로 구성돼
육신 그 이상으로 정신의
세계가 중요함을 일깨운다

이른바 문화요
문학의 세계를 가라는 가르침이다

'워라밸'은 결국 이솝우화
'개미와 베짱이'이야기 그
재해석의 필요성을 제기한다

일은 않고 노상 노래나 하는 베짱이는 문제지만
어느 정도 배짱이도 갖게 하자는 것

밥 먹고 살만하니 베짱이
에게도 노래하는 여유쯤 인정하자는 거다

한 줄의 단상, 그리고 나
– 아무리 산이 험하고 바다가 거칠다 해도

산에 가는 자는
외로운 봉우리와
하늘을 찾아가는 것이다

바다에 가는 자는
넘실대는 파도와
망망대해가 있어서다

요산자 요수자는
그런 꿈을 가진다

그리하여
아무리 산이 험하고
바다가 거칠다 해도

도전자는 끝내
그 산을 오르고
바다에 나갈 것이다

결과야
사주팔자에 맡기고
도전한다는 것이다

한 줄의 단상, 그리고 나
– '되풀이 법칙'이 있다는 것을

'역사발전론'에서 토인비는
역사란 되풀이 변하면서 발전한다 했다

그리고 한국의 효사상이
세계를 변케 할 것이라 봤다

그러나 우리의 효에 대한 그의 예견은 빗나가고 있다

부모가 자녀에게 은혜와 사랑을 베풀지 않고
자녀가 부모를 외면해서
살인까지 저질러진다고 한다

조금만 길게 내다보면
밑진 장사(?)는 아닐텐데
말세론이 다시 들먹거려진다

부모가 자녀에게 은혜와 사랑을 베풀면
그것이 대물림의 발전이 있을 것을

부모 자녀 간에
은혜와 사랑이 없는데 어떻게 그게 되풀이 되리요

부모는 자녀가 재롱을 떨어
은혜와 사랑을 이미 갚았음을 알아야 한디

그리고도 그들의 자녀에게
되풀이 물려준다는 것을 깨득할 일이다

은혜와 사랑에는 개인사에서도 그렇게
'되풀이 법칙이다'

한 줄의 단상, 그리고 나
– 청년시대

*시인은 78세 때 '청춘'을 노래했다

소년에게 보다
노인에게 청춘이 있다고

고령사회
인생종점을 100세로 확장
그를 소환해 내게도 청년시대는 있느냐 묻는다

세월은 피부에 주름살을 늘려가지만
이상이 없으면 마음이 시든다는

청춘이란 인생의
어느 기간이 아니라 마음가짐이라는

오늘따라 그의
청춘이라는 시가 어른거린다

고뇌 공포 실망에 쪼들려

기력이 땅을 기고 정신이

먼지가 된다는 그 말

그의 시를 노래 가사로 읊조려 본다

* 시인 : Samuel Ullman, 독일서 미국에 이주한 시인. 청춘(Youth)
시를 78세에 썼고 전쟁영웅 맥아더장군 애송이래, 세상에 널리 알려
져 오늘에 이르고 있다

한 줄의 단상, 그리고 나
– 커튼콜은 없어도

브라보~ 앙콜~ 하는
커튼 콜(curtain call)
객석 쪽에서 관객의 소리 요란하다

가수와 배우 연주자 때로는 연출자들이 그 맛에
무대에 다시 선다고 한다

어떤 때는 1시간 넘게
또는 100번도 넘는다니
커튼콜은 짜릿한 맛일게다

내게는 언감생심 그런 커튼콜이 없다

하긴, 그 또한 운명일 것이다

마지막 커튼이 내려지는 날
찾아 온 친구에게 건네는 나지막한 말 한 마디

사람들이 안 갔던 낯선 곳을 걸어 봤다고

옳거니 그런

마이웨이(my way)라도

나는 나의 커튼콜로 삼아야겠다

가지 않은 길, 하다못해 사람들이 덜 간

곳를 내식으로 가보았노라 말 할 수 있어야겠다

내 인생 커튼콜은 없어도.

한 줄의 단상, 그리고 나
– 매화는 어디서 피는가

매화에도 춘래불사춘인가

봄이 왔는데 봄이 아닌 듯
매화마을에 매화흉년이다

봄의 전령 매화가
피지 않는 섬진 강변

백발의 용매청년 휘파람새
정혼 여인 매화나무에 앉아 전설의 노래 부른다

내가 죽으면 누가 너를 돌봐 줄 것이냐

해마다 배산임수 명당에서
매화꽃 향기 코 끝 간질이고, 꽃잎 바람에 날렸는데

홍. 청. 백색에, 청 보리 녹색 비단 같던 그 자태

매화축제가 열리지 않은 심사 무엇이던가

북풍한설 뚫고 나온 고매한 품격, 고결한 정절
조.동매, 설중매는 정녕 볼 수 없단 말인가

매화 없다면 봄 또한 없는 것

매화가 피지 않는 계절
매화는 어디서 피는가 ──

- 2020년 4월초 섬진강에서

한 줄의 단상, 그리고 나
– 구미호

꼬리 아홉 달린 여우는
납량특집 전설의 고향 단골 메뉴다
전생에 칼에 찔려
억울하게 죽은 처녀귀신이
현생의 사람 앞에 현신해 복수하는 오싹한 장면
그런데 구미호는 아니지만
꼬리를 단 사람들이 있다
현실의 세계 말하자면
현생에서 저지른 뭔가 캥긴 짓을 감추느라고
어떻게든 피한답시고 엿가락처럼 늘여 뜨린다
혹은 정면 돌파다 하여
피 튀기는 싸움을 펼치는 그런 사람들이 있다
전설의 고향 구미호는 종결미라도 있다
그러나 현생에서 구미호도 아닌 데
꼬리 달고 사는 사람들은 명분이 없지 않을까
그런 사람들을 대표하면서 대선주자들이 보이는 게
바로 '꼬리전쟁'이다
이 전쟁을 지켜보는 보통의 국민들은 고역이다
축제가 돼야 할 대선전에서까지 우리는 엄청난
스트레스를 받고 살아야 할 운명인가
난감하다 ! 참으로 난감하다 !

한 줄의 단상, 그리고 나
– 누죽걸산

외국어가 넘치느니
순 우리말로 하자

한자 말 같은 데
우리말의 사자성어
'누죽걸산'이 있다

시간을 아껴 말하자면
'누으면 죽고 걸으면 산다'

일찍이 한 도사가
남긴 이 말을 표제어로
책까지 나와 건강문제
최고어로 회자 된다

나는 일찍이 '누죽걸산'을
이르신 화타스님의
말씀 수행자다
하루도 쉬지 않고 걷고 있다

한 줄의 단상, 그리고 나
– 향수, 소의 눈

'우목'이라면
바둑게임 같으니 아무래도
'우안'이란 말이 낫겠다

'소의 눈'이 아련하다
두어 번 땅을 걷어차다
뒷발질 하던 까탈이
전혀 없던 건 아니었지만

꼴 뜯고 여물 먹을 땐
신난다는 듯이 방울소릴 냈고

논 밭 갈 때는
먼 산 보 듯 모르는 척
아주 천천히 눈만 떴다
감았다 했다

내가 소야 너 지금
무슨 생각이니 하고 물으면
소는 그저 머리만
흔들며 말이 없었다

하긴
부질없는 우문이었겠지
소한테는

지금은 소도 영악해졌다니 어떨지 모르겠지만
내 어렸을 때의 소는

촉촉이 젖은 듯 그렇게
눈물 반쯤 담고
눈만 껌뻑 거렸던 것이다.

한 줄의 단상, 그리고 나
– 조연이 곧 주연이라는 것을

누군가가 툴툴거렸다
기껏해야 지금
조연에 불과하냐고

내가 단호히 말했다
조연이 곧 주연인데
거 무슨 소리냐고

당장에 결혼식장 신랑 신부,
그들을 빛내는 들러리를
생각해 보면 알걸 그러냐고

서둘러 정확히
개념정립부터 해야겠다

성공을 실패가 뒷받침하듯
주연과 조연은
손바닥 뒤집기 같다는 것

세상만사, 주연이 아니라
조연에 의해
돌아간다는 것

무릇 역사란, 요샛말로
갑이 아니라 을이
써내려 왔다는 것

그러므로, 주연이 아니라
조연이라며 스스로를
깎아내리지 말자는 것

오히려 조연이 곧
주연이라는 것을.

한 줄의 단상, 그리고 나
– 운석

하늘에서 우리에게 온 저 돌은
얼마나 아프고 무서웠을까

유성들이 부딪혀 조각날 때
그 높은데서 떨어져 내릴 때

어머니도
아버지를 잃고 반이 된 뒤
세파에 시달리며
얼마나 아프고 무서웠을까

홀로 팔남매 키워낸
반세기 긴 세월
한숨으로 꺼지고 가위눌린
어머니의 내 가슴
너무 작아진 그 품에 안기어
끝내 등을 들썩인다

그러다 어머니의 모습을
더 뚜렷이 해 묻는다

눈 내리던 겨울 밤
등잔불 아래서 어머니가
물레 돌리실 때 왜 하필
'비 내리는 고모령' 불렀을까

어린 내게 그리도 구성졌던
그때 어머니의 그 멜로디를
가만히 읊조려 본다

(+비내리는 고모령
은은한 하모니카 연주 속 마지막 연을 마저 읽는다)

그렇구나 어머니의 유산
그 비싼 운석덩어리를
우리가 어떻게 하는가 보고
계시겠구나 아버지 곁에서.

한 줄의 단상, 그리고 나
– 운석을 만지작거리며

땅 끝 마을의 큰 저산을
어린 소년 하나가 날마다
새벽에 오르는 것이었다

도란거리는 환청의 우물가
거쳐 어둑한 산 오를 땐
오싹하니 무섬증도 있었지만

'웅변하는 아이'란 말을
계속 듣고 싶은 마음이
그런 심정을 누르고 있었다

'하늘에서 내려온 저 돌은'
하고 산 아래 바다에 고함쳐
무섬증을 달랬던 것이다

옳거니, 그 걸 소환해
시 하나 짓자 한 것이 바로 '운석'이었다

유성들 부딪혀 조각난 운석
하늘에서 떨어질 때 얼마나 아팠을까

아버지를 잃고 홀로된
어머니가 팔남매 키운 것도 갖다 붙이자

그렇게 나는 운석인 거고
태몽으로 알고 살아 온 말하자면 현몽인 셈이다

어린 시절
큰 산에서 외치던 하늘에서 내려온 저 돌은

그 웅변 첫 대목을 웅얼대며
오늘도 무슨 무기인양 만지작거리는 것이다
소중한 단 하나뿐인 운석을.

한 줄의 단상, 그리고 나
– 헤밍웨이의 변명

헤밍웨이는 불후의 명작
'노인과 바다' 소설에서 말했다

주인공 산티아고를 통해
환경이 인간을 파괴할 순 있어도
인간 스스로 자멸할 순 없다고

인간의 가장 큰 죄악은
희망을 포기하는 것이라는
이야기에 다름 아니다

플로리다 남단 키웨스트
바다건너 큐바 핑카비히아 마을에서
멕시코만을 바라보며
낚싯대 드리웠던 헤밍웨이는

스웨덴 한림원이 찾던
불굴의 인간의지를
소설에 담아 노벨문학상을 수상한 것

노인 산티아고는 먼 바다

에서 그의 뗏마 배 보다 큰

청새치 잡아 마을로 귀항 때

상어떼와 사투 끝 살은 다 뜯겨

뼈만 달고 왔다

그렇다 지금이야말로

산티아고적 인간정신이

필요한 때가 아닐까

뼈만 남은 청새치가 다만 전리품 일지라도

한국 문단이 노리는 노벨문학상 주제,

시인의 자화상이라는 것도 인간정신에

두어야지 않을까

한 줄의 단상, 그리고 나
– 마지막까지 달린 아크와리

벌써 반세기나 지났네요
내가 그의 이름을 들은 게
68년4월 멕시코 올림픽은 신의 선물이었네
마라톤경기 74명 선수중
아프리카 탄자니아 대표 아크와리도 있었네
하지만 그는 출발선 막지나
시멘트바닥에 쓰러져 다리를 다치고 말았다네
다른 선수들이 2시간대에 결승선을 넘었는데
그는 절뚝거리느라
정확히 3시간 반 가까이에 들어왔지
기자들이, 이 고원지대의 멕시코시티에서
17명이나 중도 포기했는데
왜 그랬느냐고 물었지
그는 '8천Km 떨어진 이 먼 곳에
조국이 날 보낸 것은
경주를 시작하란 게 아니라,
끝까지 해 내라는 것이었다'
했네. 왠지 그 명언이 지금도 가슴을 후비네

나의 인생멘토는 누구인가
무엇에 매달린단 말인가
도쿄 패럴림픽 뉴스를 보면서
아크와리가 다시 그리워지는 밤이네

한 줄의 단상, 그리고 나
– 그냥 하는 말이 아니다

'맷집'이 있어야 한디
또는 '맷집'이 좋아야 한다는 데에는
특별한 뜻이 있다

실패에도 거꾸러지지 않는
그리하여 다시 일어서는
베짱의 이야기가

말년엔 트럼프 변호사로
추락했지만 10년 전 9.11
테러 때 까지만 해도 인기 절정
뉴욕시장이었던
줄리아나는, 그의 선친의 말을
늘 간직하고 살았다

'얻어맞는 순간에도 침착하라'는 그 말을

세기의 사상가 니체가
'나를 쓰러뜨리지 못하는 고통은,
나를 강하게 할 뿐'
이라 한 말도 다시 떠올린다

실패를 딛고 일어선
사례는 미국에서만 찾아도 수 없이 많다

메이시 백화점의 메이시
야구의 전설 루드
또는 링컨대통령도 심심찮게 회자된다

실패에서 일어날 수 있다면
성공에 더 가까워진다는 말을 나는 믿는다

맷집이 있다는 건 또는 맷집이 좋다는 건
그냥 하는 말이 아니다

한 줄의 단상, 그리고 나
– 행복과 불행 사이

이웃사촌은 혈맥은 아니나
친척보다 가깝고도
좋게 지낸다는 것이다

그리고 물론
이웃사촌이 아니라
이웃원수도 있을 터이다

행복과 불행도
그런 것이다

가깝다면 가깝고
멀다면 먼 사이
행복과 불행은 그렇게
손바닥 뒤집기다

행복하다면 행복하고
불행하다면 불행한 것이 인생

마음먹기 달린
그래서 가슴으로 느끼는
행복과 불행 사이

그걸 모르고 사람들은
머리에서 전해지는
너무나 가까운 행복과 불행이
멀리 있다고 단정 한다

그래서 행복과 불행을 자꾸만
뭔가 논할 문제로 본다

한 줄의 단상, 그리고 나
– 내게도, 버킷 리스트는 있다

내게도, *버킷 리스트는 있다
한 신문사 후배사장이 발간,
읽어보라며 보내온 책을 놓고 생각해 본다
마지막 꼭 하고 싶고 남기고 싶은 것(들)
누구는 몇 십 가지 백 가지도 된다는 데
나는 단출하다
여러 이유로 미뤄 온 그건, 시 쓰고 고향산천에
시비 하나 세우고 노래하는 것뿐이다
목소리가 문제다 노래는 그러니 노래 대신
시 읊으며 기타를 치자
하지만 기타도 안된다
도무지 음표, 쉼표를 모른다
그렇다면 시 낭송 어떨까
시창작과 시비, 시 낭송을 버킷 리스트로 삼자
남이야 뭐라든 이 세 가지를
마지막 하고 싶고 남기고 싶은 것으로 하자

이제 됐다 나의 버킷 리스트

마누라가 심히 아프지만

그래 내게도, 버킷 리스트는 있는 것이다.

* 버킷 리스트 : bucket-lis 죽기 전 꼭 하고 싶고 남기고
　　　　　　　싶은 것(들)

한 줄의 단상, 그리고 나
– 번 아웃에서 커밍아웃까지

누구나 그러겠지만
내게도 꿈이 있었다

그래, 나름의 목표아래
열정을 다 바쳐 덤볐다

나의 *번 아웃은 그렇게
시작돼 서서히 침체와
좌절을 겪었고 무관심의
대상에 이르는 중이다

그리고 그 무관심은
정체를 더욱 적나라이
하는 것 같다

자의 반, 타의 반
기어이 *커밍 아웃 되는 것인가 나는

왕년의 아지트
프레스센터 19층에서도
외로움 타기는 마찬가지

집 잃은 도둑고양이처럼
웅크리고 앉아서 커피 한 잔 마신다

번 아웃에서 커밍아웃까지 그저
그 과정이나 회상하는

*번 아웃 : burn-out, 정신적 탈진. 번 아웃 신드롬이라 함
*커밍 아웃 : coming-out, 자신의 정체를 밝히는 행위

한 줄의 단상, 그리고 나
– 다시, 바벨탑을 바라다본다

바벨탑 아래서
다시, 부서져 내린
바벨탑을 바라본다

홍수의 심판 속에서 축복받아
구원된 노아의 후예들이
그새 하나님 은혜를 잊고 배반했다

한 가지로 통일된 인류어가
갈갈이 찢기어 나뉜,
그래서 허물어진 바벨탑

하나님이 되겠단 생각에 탑을 쌓다가
제대로 걸린 사건이었다

말 많은 아프간사태 무릇 국제분쟁들
아니, 시대의 역병
코로나사태라는 것도
바벨탑에 근원하지 않을까

하나님의 영역, 그 존재
진화론이 아닌 창조론적 사고가
필요한 때가 아닐까

더 이상 심판이 없으리란 하나님의 약속
무지개는 오늘도 뜨고

바벨탑 아래서 나는
다시, 부서져 내린
바벨탑을 바라본다

한 줄의 단상, 그리고 나
– 필요는 발명의 어머니

필요는 발명의 어머니
그게 요즘 주술이다
TV까지 부추긴다
채널마다 건강프로다
1인당 GDP 3만불 나라로
밥 먹고 살만하니
건강 챙기는 건 당연하다
어쨌거나 건강천국 프로가
마치도 사회계약론같다
그러나 나는 이 계약론에
심히 불균형감을 갖는다
문화나 문학프로가
너무 빈약해서다
바보싱자여서 그럴까
인간의 구성이 영·육인데
육에 치우친 건 아닐까 한다
'죽은 시인의 사회'에서
'키팅'교사가 학생들에게 한
경제도 의술도 필요하지만
그 보다는 낭만 사랑 시 같은

문화.문학을 더 섭렵하란 말
그 말을 다시 소환해야 한다
누군가 '기도시'로 전했지만
코로나사태에서 키팅교사의
그 말이 더욱 요청된다
OECD도 말했다는 '워라밸'
일(work)과 생활(life)의
균형(balance)...
그게, 필요는 발명의 어머니
라고 보는 것이다 나는.

한 줄의 단상, 그리고 나
– 카톡 줄임말

아날로그 문화지,
디지털 문화가 아님을
인정하면서도 씁쓸하다

인터넷이든 핸드폰이든
오직 아날로그세대에
머물러 있다는 것이

어느 시인이 노래한
'아날로그를 위하여'니
'아버지의 눈물'이나
중얼거릴 뿐

'카톡 줄임말'
가끔 누가 카톡에 올리지만
도무지 이해불가다

코로나사태로 어느덧
오프라인 터치가 사라진
언택트(un-tact)시대

줌(Zoom) 방식의
온라인회의도 유행인데
그 또한 뭐가 뭔지 모른다

이대로 살다 가자
카톡 줄임말이니 어쩌니 하지 말자

그런 걸 알아야
젊은이들과 소통된다지만
그건 포기하며 살자

디지털 세대가 지배하는
디지털 문화
어찌 할 것인가
공포감으로 몰려온다

한 줄의 단상, 그리고 나
― 시비 하나 세워놓고 가자

기억은 가물가물 한데
이력이니 약력하나
정리돼 있지 않다
어디서 와 뭘 했는지
도대체 연보라는 게 없다
왜 그랬을까
스스로 깔봐서 였을까
나중을 기약해서 였을까
두 가지 다였으리라
어쨌거나 훗날 지인이나 처자식들이
뭘 기록하다가
참 난감하리라
그러지 말게 내 연보는 있자
지금부터라도 기억 더듬어
하나씩 정리해 놓자
시집이며 시낭송집도 있자
그리고 부모님 유산으로
아우들에게 분배한
반듯한 곳의 밭
아니면 읍둔 데지만

어버지와 같이 일군
천수답 논빼미 주변에
그래
내 마지막 인생 후반부
시인으로 살았던 흔적
찾는 이 없어
외롭게 서 있을망정
시비 하나 세워놓고 가자
나의 시비 하나

한 줄의 단상, 그리고 나
– 인디언들의 헌시

벌써 20년이나 됐다
아프간사태로
9.11테러가 재조명되고
인디언들의 헌시가 다시 오르내린다

이슬람 근본주의 알카에다
자폭 테러비행기가 뉴욕무역
센터에 돌진해 일으킨 사건

그 사건을 지휘한 빈 라덴은
지하벙커에서 사살돼 기억 속에 묻혔지만

한 소녀의 인디언 시 낭독은 지금도 선연하다
북미인디언들의 시 '천의 얼굴'

나는 지금 무덤에 없어요
내 무덤 앞에서 울지 말아요
나는 천의 바람이 되어 하늘을 날고 있어요

일본에서 엔카로 불리며
저작권 시비도 일으킨 시

이승의 생을 다한 죽은자들
마지막 성장에 바치는 인디언들의 그 헌시
인디언들은 그렇게
죽음을 미화하고 축복을 보낸다

인생 최후의 순간 죽음을
마지막 성장단계라며 빛내는 것이다

인디언들의 죽음의 철학이
이 시니어시대에 새삼 은은하다

한 줄의 단상, 그리고 나
– 바람이 묻더군요

바람이 묻더군요
누구로 각인되고 싶냐고
난 별 볼 일 없다 했지요
몸은 좀 어떠냐더군요
옛날 같진 않다 했죠
부인건강은 또 어쩌냐더군요
세 번 째 수술을 앞둔
종합병원이라 했죠
돈은 좀 벌어 놨냐더군요
밥 먹고 살만하고 집사람
병원비는 비축했다 했죠
회사경영은 어떠냐더군요
둘째 아들내외 덕분에
현상유지는 된다 했죠
바깥에 나가면 뭘하냐더군요
몇몇 문단, 시 창작 교실,
시낭송모임에 간다 했죠
후손 농사는 어떻냐더군요
두 아들 밑에 손녀 둘씩 넷
딸 밑에 외손자 둘이라 했죠

바깥활동비는 어떠냐기에
그런대로 조달된다 했죠
바람이 말 하더군요
그럼 괜찮은 편이라고
그냥 자족하라고
부인 아픈 건 팔자소관이니 제2성전(?)
무너지지 않게만 하면서 그냥저냥 살라고
바람은 그 말 남기고 지나가더군요
한 번 만나고도 싶은 데 바람이 머물다 간
그 자리만 휑하네요

한 줄은 단상, 그리고 나
- 혼 술의 변명

내 눈물이야말로 짜다하리
땅끝 마을 촌놈이 어찌어찌
서울 올라와 적수공권이었다

무엇이든 혼자 생각하고
무엇이든 혼자 해내야 했다
언제나 추운 겨울이었다
일찍이 머리에 하얗게 된 머리카락도
그 때문일 것이다

거울을 들여다 본다

면도만 안했다면 온 얼굴에
언감생심 헤밍웨이 하얀 털,
이마에 깊게 파인 세 줄 주름
젊은 날의 아미는 사라졌다
자꾸 뽑혀나가는 하얀 눈썹 퀭하니
축 처진 두 눈 아래론
보름달로 커진 심술주머니
둘 버티고 있다

닭이 잦는 코 위의 반 점
그 좌우로 선연한 팔자주름 굳게 다문
입 속으론 오직
임플랜트요 천지 무너지는
치과공사중이다

그리고 세 번째 수술 앞두고
엉금 대는 종합병원의 마누라
그래서 거울 속 내 얼굴은
광이라곤 하나 없이 완고히
누렇게 떠 보이는 걸까
아니, 그런 자화상 탓에 나는
오늘도 혼술하는 것이리다

한 줄의 단상, 그리고 나
– 소주와 시

나는 백석이 되어
'나와 나타샤와 흰 당나귀'
읊조리며 소주 한 잔 하자
맥주 막걸리는 쉬 배부르고
숙취에 뒷골 당긴다
강물에 꽃가지 던지며
이태백이 들었던 건
무슨 술인지 모르겠다
젊은 날의 필름 끊긴 주사
다 어디가고 최대치는 한 병
집주변 아니면 수산시장
목로주점에서 반주겸 마시는
소주가 목을 타고 흐른다
그리고 '모나코의 밤'은
기어이 탱고를 추는
카스바의 여인
애절하게도 가늠할 수 없는 나는
봄 새싹 여름초록 가을열매
겨울 적설 끝에 한 그루
나목으로나 서 있다

독백은 시와 노래가 되고
하얀 소주로 흐르는 것인가
한 잔의 소주
거기 한 줄의 단상이
나를 잠 못 들게 한다
잘하면 시집 한 권 나오겠다.

한 줄의 단상, 그리고 나
– 나, 두문동 사람이라고

이런 민족 또 있을까 싶다
문 닫아 잠그고
누구나 바깥출입 하지 않는다

코로나사태속에서
모두가 '집콕' 두문불출이다

가환 짙은 나는
더욱 두문불출 신세다

여말 이태조에 항거한
전설 같은 두문동 72현

유생 마을 대학생들은
두문불출이었고
그 후손이 저마다
선조의 충성을 기린다

나는 자랑거리라곤 없다
두 임금 섬기지 않는
충성도 아니고
다만 부르기 좋게
가환이라 이름 하는
마누라 병환 그 두문불출일 뿐

누가 물으면 그래,
언감생심 말하리라
나, 두문동 사람이라고

시인의 씨앗 밀실은 또 다른 방랑의 물레이다

박 정 이(시인, 평론가)

삿갓 서광식 시인의 작품들은 벽처럼 여유가 없는 도회지 생활에서 방랑의 물레로 시의 벽을 무너뜨린다 시어의 정밀한 긴장감을 이끌어가는 것은 시인 특유의 개성이 있기 때문이다. 아직도 서광식시인의 숨어있는 시의 DNA의 세계는 무한하다 당연히 존재론적인 가치가 있는 것이다. 어쩌면 시의 뒷자리는 늘 비어있는 듯, 울림을 주며 그의 작품들마다 내면의 속울음에서 젖어 나와 바깥의 물리적인 방법으로 치유가 된다. 어쩌면 현처지에 처해있는 환경에서 상처와 고통의 울음에서 배어 나오기 때문일 것이다. 그렇다. 폐허 위에 세워진 시의 구조는 튼튼하여 차분한 시를 음미하며 서광식시인의 작품은 독자들에게 울림을 주고 감동을 상기시키고 있다. 그의 최초의 시가 피어 올릴 멋진 작품이 잉태하기 때문이다. 어쩌면 풀리지 않는 시의 마법일 것이다. 그렇다. 몽테뉴(Montaigne)는 영혼을 자기 자신에게 보내야 한다. 거기가 진정한 고독의 자리이다 라고 했다. 시인은 가장 고독할 때 더 좋은 작품이 탄생할 수 있다. 서광식의 시세계는 시니어의 고독 속에 푹 빠져있다.

월든 호숫가에서 홀로 살았던 작가 헨리 데이비드 소로우(Henry David Thoreau)의 삶이야말로 고독의 정화라고 할 것이다.

그럼 삿갓 서광식시인의 시세계를 보자.

> 점성술사를 만나자
> 전 세계 여성들로부터 속옷을 모으자
> 그리하여 군부에 전달해
> 군인들의 풍을 없애자
> 아웅산 수치를 연상케 하는
> M으로 시작되는 도시의 초토화를 막아내자
> 겹치는 숫자 날 봉기하자
> 샤프렌 색의 승려들이 일어서면 재수가 있다
> 그렇게 하여 군부 쿠데타를 저지,
> 민주주의를 건지자
> 미얀마는 지금 민중의 샤마니즘이 난무 한다
> 군부는 범죄 집단으로 더 이상 물러설 곳이 없다
> UN군도 안 보인다
> 미얀마는 어찌 되려나
> 심장 등 장기가 온통 적출돼
> 겨우 가족에게 돌아온 시신

켓 띠 그의 시가 지금 눈물의 노래가 되고 있다

한 줄의 단상 그리고 나
– 미얀마의 샤마니즘 그리고 시 한 편

삿갓 서광식 시인은 미얀마의 어려운 난간에 찌든 사회상에 섬세한 영혼의 노래를 부르고 있으며 디드로Diderot의 고성보다 더 긴박한 노래를 부르고 있는 절실한 감정을 잘 표현해냈다. 또한 그것을 화자의 시세계로 끌어와서 직관적으로 해냈다.

낯설지 않는 미얀마의 샤마니즘이 난무한 환경에서 켓 띠 시가 눈물이 되듯 사회 현상을 처절하게 공감하고 그려내며 민주주의를 외치고 있다.

내가, 야스나리가 되어
어두움을 달려 기차는
눈의 나라, 유끼 구니
(Yuki Guni)에 도착한다

가와바타 야스나리는
국경을 넘은 그 '설국'으로
노벨문학상 탄다

하지만 부모 조부모 다 잃고

고독은 허무 부르고
자살이 미학이었던 것을

게이샤의 노래
영혼 앗아간
설국의 배경화는 서럽디

사랑 하나로
가슴 멍든 그는
기어이 가스를 마신다

그래 샤미센 소리는
현해탄 건너 정동진 가는
열차 속에서도 은은하다

마침내 눈 오는 날
나는 야스나리 되어
설국의 열차를 탄다

빙하기
끝내 설국의 열차는 전복하고

고미코 같은
소녀 하나야 살아나지만

어찌할까, 발만 동동 구른다

거기 나는
한 줌의 눈물을 뿌린다

한 줄의 단상, 그리고 나
– 설국의 열차 –전문

　서광식시인의 한 줄의 단상, 그리고 나 – 설국의 열차 시는 카트린느 클레망(Catherine Clement)이 직관적으로 파악한 그 이상의 무엇이 있음을 암시한 것처럼 화자는 고독한 여정을 설국의 열차로 표현했다. 농축된 생의 쓸쓸함을 표현함으로써 저물어 가는 파멸의 생도 함께 상연되는 것 같다. 이 작품의 고독은 오늘날 시니어들의 아픔도 생생이 드러나 있다.

물은 담기는 그릇에 따라
모습을 달리한다

아무리 물이 딴 마음 먹어도
그릇은 그 모습을 그린다

자연계는 힘이 지배하는
당위만이 아니라 물 같은
부드러운 이야기도 있나니

장점에는 단점이,
단점에는 장점이 있다

사냥 끝에 잡은 들짐승을
생식으로 즐기다
포만해진 사자의 오수

그날 오후
사자의 머리위에서
사자와 더불어 잠든 파리

천하의 센 발톱과 이빨로도
사자가 파리 한 마리 어쩌지
않고 눈 감는 걸 보라

바로 그것이다 사자가 파리의 존재를
인정하는 공생의 순간이다

자연은 그렇듯 따스한
인정의 질서도 있다 그것이 신의 조화이다

그렇다 마음까지도 창조주의
뜻에 따른다는 것

자연계를 다시 들여다보라

자연으로 돌아가라
인간들이여

한 줄의 단상, 그리고 나
– 어느 날 오후, 파리 한 마리 –전문

자연은 그렇듯, 따스한 인정의 질서도 있다. 그것이 신의 조
화이다. 서로가 인정하는 공생의 순간은 강한 것 약한 것도 결
국은 공생해야 만이 되는 것이다.

이 세상은 혼자 살수 없듯이 모든 삶은 잉여인간이 되어 공
인되지 않는 이유에서도 살아가지 않을까. 화자와 함께 고민
해 봐도 좋을 것 같다.

너도 나도 그저
앞으로 ! 앞으로 ! 다
1등으로만 달려야 한다

빨리 빨리라는 것도 그래서 나온 것

그러다가 이 세상은
사막보다 더한 *43일의 광야가 됐다

어찌 할 것인가
당위의 목표수위를 낮춰야 하는 것일까

2등 아니 꼴지가 될 수도

그래도 좋다는 사회계약론 아닐까

너무 지쳐들 있다

앞만 보고 달려온 치열한 경주로

그것은 껍데기

이제는 좀 쉬며 천천히 걷기도 해야 한다

*리좀rhizome,

그래, 우리에겐 본질이 있질 않는가

당위는 가라

*43일 : 유대민족 엑소더스, 출애급기때 광야 헤맨 기간

*리좀 : rhizome, 근원 즉 뿌리 개념. 박정이시인의 시 이후 시

단에 더욱 이슈화

한 줄의 단상, 그리고 나

- 당위는 가라 - 전문

리좀 rhizome의 연결성을 잡념이나 몽상에 부여하지 않고 치열한 경주로 표현해 가고 있다. 어떤 제도의 능력여부에 굴하지 않고 사회의 한탄을 잘 그려내고 있다. 사회의 업무에서 밀려나고 혼자만의 능력을 생각해보는 화자다. 어쩌면 서광식

시인의 오페라공연의 주인공의 열망도 있을지 모른다. 아직도
시를 쓰고 연극을 하고 낭송을 하는 화자의 꿈도 때론 일등 이
등의 갈등도 느껴볼 수도 있는 이 작품속의 이미지를 잘 표현
하고 있다. 창조적인 언급된 창작활동도 기대해본다.

*카오스는 본래
그리스 신화 공기층 이야기였다

태초의 혼돈이란
공기의 3층 구조에서 시작됐다는 것

맨 아래가 마시면 죽는 공기
맨 위가 영원불멸 신의 공기
그 중간이 인간용의 공기층

대기층이란 말은 그렇게
아에르(Arip)에서 오늘의 에어(Air)가 됐다고 한다

거대한 틈 텅 빈 공간은 바로 그런
혼돈에서 왔다는 거다

그 절대공간에 우주가 다시 들어선다는
예언은 적중할 것인가

창세기의 혼돈은 아직 끝나지 않은 창조주의
미완성 작품일 터이다

어쩌면 카오스란 말 자체가
입 벌리는 공허 아니던가

아무 것도 존재하지 않는
혼돈의 공간에 들어갈 예비 된 인간계의 공기층

신화가 그래서일까
인간계에선 날이면 날마다 카오스가 저질러진다

난무하는 혼돈의 와중은 언제까지 지속될 것인가

한 줄의 단상 그리고 나
– 카오스 –전문

　　이 작품을 쓴 서광식시인은 많은 본질을 공부 했을 것으로
생각이 든다. *카오스는 본래그리스 신화 공기층 이야기였다.
태초의 혼돈이란 기의 3층 구조에서 시작됐다는 것 맨 아래가
마시면 죽는 공기 맨 위가 영원불멸 신의 공기 그 중간이 인간
용의 공기층 대기층이란 말은 그렇게 아에르(Arip)에서 오늘
의 에어(Air)가 됐다고 한다. 거대한 틈 텅 빈 공간은 바로 그

런 혼돈에서 왔다는 거다. 이런 본질을 시로 융화함으로써 좋은 작품이 잉태 됐다는 것이다.

영화 속에선 뒤늦게
아버지를 만난 딸이,
이유도 모르는 부모이혼으로
조부 손에서 길러진 어린
초등생 남아가
트롯열전에서 사랑의
근원을 찾아 부른 노래
그리고 나는
뒤늦은 깨득 3가지
타향에 대한 지식과
고향으로 향하는 애착과
그리고 나의 발견
'타향살이' 노래 속
나의 방랑은
그렇게, 품에 안아줄 귀향의
근원을 찾는 과정이었네
좀 더 잘 낳아주지 그랬냐며
매양 겉돌았던 셈이네
고산고구의 그 언덕빼기.

조상의 뼈 묻힌 향관

오늘따라 더 어른거린다네

한 줄의 단상 그리고 나
- 내 고향 해남 - 전문

〈고독은 영혼들의 의무실〉이라고 레오파르디(Leopardi) 말했듯이 나이가 들면 고향을 더 찾는다. 해남 땅 끝 마을이 고향인 화자는 어느 날 TV에서 트롯을 부른 가수들을 보자 문득 이 작품을 쓰게 되었다는 것 조상의 뼈가 묻히고 어릴 적 추억들이 어른거린 지금 더 쓸쓸함을 느꼈을 것이다. 고향은 영원한 시의 텃밭이기 때문이다.